ESTE LIBRO
PERTENECE A:

- -

Para Alejandro, hijo de una duendecilla Dateprisa
BEGOÑA ORO

Papel certificado por el Forest Stewardship Council®

MIXTO
Papel procedente de
fuentes responsables
FSC® C117695

Penguin
Random House
Grupo Editorial

Primera edición: mayo de 2023

Printed in Spain – Impreso en España

ISBN: 978-84-488-6518-4
Depósito legal: B-4173-2023

Compuesto por Keila Elm
Impreso en Talleres Gráficos Soler S.A
Esplugues de Llobregat (Barcelona)

BE 65184

El dragón de las LETRAS

UN DUENDE, UN DRAGÓN Y UN PROBLEMA ¿CON SOLUCIÓN?

Beascoa

AQUÍ HAY UN
DRAGÓN...

PERO ¡NO ES UN DRAGÓN CUALQUIERA!
ES EL DRAGÓN RAMÓN Y ES ESPECIAL PORQUE...

¡ES EL DRAGÓN DE LAS LETRAS!

RAMÓN ES UN CACHORRO DE DRAGÓN
Y TIENE TODO LO QUE UN DRAGÓN
SUELE TENER:

ALAS DE DRAGÓN

ESCAMAS
DE DRAGÓN

COLA DE
DRAGÓN

FAUCES DE
DRAGÓN

PATITAS
DE DRAGÓN

PERO HAY ALGO QUE HACE A **RAMÓN** DISTINTO A LOS DEMÁS DRAGONES: **NO** ES CAPAZ DE ECHAR FUEGO POR LA BOCA.

¡PARECE UN DRAMÓN!
PERO NO LO ES.

CADA VEZ QUE RAMÓN INTENTA ESCUPIR FUEGO, EN VEZ DE FUEGO, ECHA UNA LETRA. ¡Y CON LAS LETRAS SE PUEDEN VIVIR UN MONTÓN DE AVENTURAS Y RESOLVER TODO TIPO DE PROBLEMAS!

TODO EL MUNDO LO SABE, Y AHORA, CUANDO ALGUIEN TIENE UN PROBLEMA, LLAMA AL **DRAGÓN DE LAS LETRAS**. Y LO MEJOR ES QUE RAMÓN SIEMPRE SIEMPRE ACUDE AL RESCATE.

LO QUE NADIE SABE, NI SIQUIERA EL PROPIO **RAMÓN**, ES QUÉ LETRA SALDRÁ.
(PASA LA PÁGINA Y LO AVERIGUARÁS).

EL **D**UEN**D**E
DATEPRISA

VA **D**E LA**D**O
A LA**D**O.
RÁPI**D**O.
MUY RÁPI**D**O.

NO PUE**D**E PENSAR,
SOLO CORRER.
ESTÁ ACELERA**D**O.

¡AYU**D**A, **D**RAGÓN **D**E LAS LETRAS!

RAMÓN VUELA AL RESCATE.

¿QUÉ LETRA SALDRÁ DE SUS FAUCES?

¡UNA D!

—¡ESTA **D** NO AYU**D**A NA**D**A!

¡MIS PIERNAS SIGUEN ACELERA**D**AS! AUNQUE...

PUE**D**O METER COSAS **D**ENTRO.

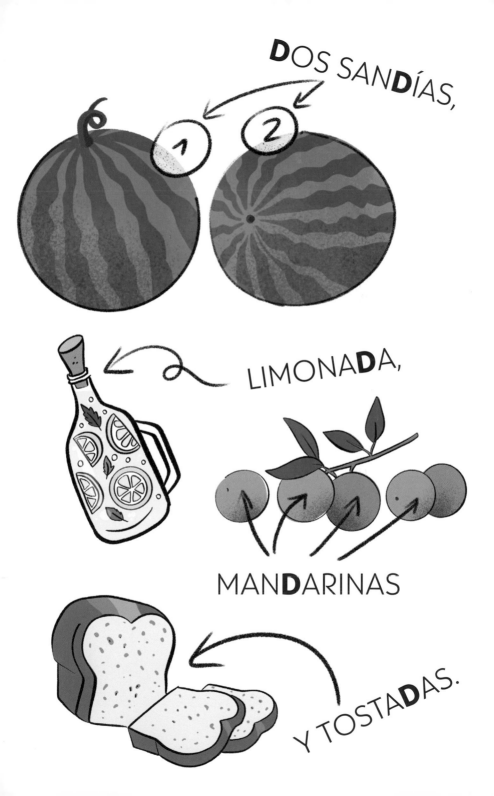

SI TENGO
HAMBRE O SE**D**,
¡NO ME FALTARÁ
DE NA**D**A!

EL **D**UEN**D**E SE ECHA LA D
EN LA ESPAL**D**A.

¡DATEPRISA YA NO CORRE! ¡PROBLEMA SOLUCIONADO!

AHORA
EL **D**UEN**D**E
AN**D**A,
AN**D**A...

—¡ANDA!
¿QUIÉN ERES TÚ?

—SOY UNA **TORTUGA**. ¿TENÍAS ALGUNA **DUDA**?

—AL VERTE ASÍ **DESNUDA**...

—¿Y TÚ?
—¡SOY UN **DUEND**E!

—¿UN **D**UEN**D**E **D**E LOS **D**ESEOS?

¿PUE**D**ES **D**ARME UN CAPARAZÓN?

PER**D**Í EL MÍO. POR FAVOR...

—YO NO PUE**D**O.
PERO...

EL **D**UEN**D**E
PIENSA **D**ESPACIO.
PIENSA SIN PRISA.

¡SE PIENSA
TAN BIEN **D**ESPACIO!
AL **D**UEN**D**E
LE **D**A LA RISA.

—¡YA LO SÉ!
¡AYU**D**A,
DRAGÓN **D**E
LAS
LETRAS!

LLEGA RAMÓN
DE NUEVO
Y ESCUPE...

¡OTRA D!

—RAMÓN EL **D**RAGÓN
SIEMPRE TIENE
LA SOLUCIÓN.

YO NO PO**D**ÍA IR
DESPACIO
Y MIRA AHORA...

—¡ESO TE LO PO**D**RÍA HABER CONTA**D**O YO!
—**D**ICE LA TORTUGA.

EL TRUCO
PARA IR
DESPACIO
ES...

Y, CARGA**D**A
CON SU GRAN **D**,
LA TORTUGA SE VA
AN**D**AN**D**O **D**ESPACIO.

EL **D**UEN**D**E **D**ATEPRISA SE QUE**D**A PENSAN**D**O.

SACA UNA SAN**D**ÍA.

LA COME CON MAN**D**ARINAS.

SACA LA LIMONA**D**A.

LA BEBE CON LAS TOSTA**D**AS.

SACA LA OTRA SAN**D**ÍA.
LA BOTA CON ALEGRÍA.

DEJA LA **D** A UN LA**D**O...
Y **D**ICE ACELERA**D**O:

—**D**RAGÓN, ¿JUGAMOS?

NO ESTÁ MAL CORRER A VECES,
Y OTRAS VECES IR **D**ESPACIO.

¡OH, NO! LA TORTUGA HA VUELTO A PERDER SU CAPARAZÓN... ¿SE LO DIBUJAS?

¡CABE CASI TODO!

EN LA MOCHILA **D** SOLO CABEN COSAS CON
LA LETRA **D**. RODEA LAS COSAS QUE PUEDES
METER. ¡SOLO PALABRAS CON D!

RUEDAS PIANO ORDENADOR
DADO PELOTA
CALDERO DINERO

¿QUÉ PODRÍA HACER EL
DUENDE DATEPRISA CON
LAS COSAS DE SU MOCHILA?
INVENTA UNA HISTORIA.

UNA D
RECORTABLE

¿TE ANIMAS A HACER ESTA
MANUALIDAD CON RAMÓN?

¡RECORTA LA D Y PÍNTALA
CON TUS COLORES FAVORITOS!